लम्स

ग़ज़ल
संग्रह

जिस्म समझे रूह भी महज़ूज़ हो
लम्स तेरा यूँ कभी मौसम बने

लम्स

मोनिका सिंह

राजकमल प्रकाशन

ISBN : 978-81-267-2939-5

मूल्य : ₹ 300

पहला संस्करण : 2016

प्रकाशक : राजकमल प्रकाशन प्रा. लि.
1-बी, नेताजी सुभाष मार्ग, दरियागंज
नई दिल्ली-110 002

शाखाएँ : अशोक राजपथ, साइंस कॉलेज के सामने, पटना-800 006
पहली मंजिल, दरबारी बिल्डिंग, महात्मा गांधी मार्ग, इलाहाबाद-211 001
36 ए, शेक्सपियर सरणी, कोलकाता-700 017

वेबसाइट : www.rajkamalprakashan.com
ई-मेल : info@rajkamalprakashan.com

मुद्रक : बी.के. ऑफसेट
नवीन शाहदरा, दिल्ली-110 032

LAMS
Ghazals by Monika Singh

मेरे बड़े भाई
मनोज
के नाम

हम दफ़्तर भी जाते हैं ग़ज़ल-ख़्वानी भी करते हैं

ब्यूरोक्रेट्स में मेरी ऐसे बहुत से आला अफ़सरों से जान-पहचान रही है जिन्हें यह ख़ुशगुमानी होती है कि वो जितने बड़े अफ़सर हैं उतने बड़े अदीब भी हैं। उनके कई मातहत और चापलूस क़िस्म के अदीब भी उन्हें रिटायर हो जाने तक इस बात से बाहर नहीं निकलने देते।

इसके बरअक्स कई लोग ऐसे भी हैं जो ज़रूरतन अफ़सर होते हैं लेकिन मिज़ाजन फ़क़ीर...मोनिका सिंह भी एक ऐसी ही अफ़सर हैं जो दिन के हंगामों में तो फ़रियादों, शिकायतों, नारेबाज़ी और सियासी दबाव में उलझी रहती हैं और सुकूते-शब में अपनी तन्हाई के गले में सबसे प्यारी

सहेली की तरह बाँहें डालकर उसके सामने अपने अहसासात की पोटली खोल देती हैं :

ज़िन्दगी हसरत यही इक रोज़ तुझको ख़त लिखूँ
चश्मे-तर से बह गई उम्मीद की शिद्दत लिखूँ

मोनिका ने ग़ज़ल को अपने इज़हार का वसीला बनाया है जो देखने में जितनी आसान लगती है उतनी आसान नहीं है। दो मिसरों में मुकम्मल बात कहना बहुत मुश्किल होता है। बरसों की रियाज़त दरकार है, अहसास की शुमूलियत दरकार है।

इतनी मसरूफ़ियत के बावजूद अपने अहसासात का इज़हार कर रही हैं, यक़ीनन यह क़ाबिलेतारीफ़ है। बक़ौल इरफ़ान सिद्दीक़ी :

हमारे दिल को इक आज़ार है ऐसा नहीं लगता
कि हम दफ़्तर भी जाते हैं ग़ज़ल-ख़्वानी भी करते हैं

मोनिका के साथ मेरी नेक ख़्वाहिशात शामिल हैं।

दुआगो

–ख़ुशबीर सिंह 'शाद'

लम्स तेरा यूँ कभी मौसम बने

मोनिका सिंह की शायरी असूरी तक़ाजों की अमीन है। अपने शेरी मजमूआ में मोनिका सिंह ने महबूब के हिज्र-ओ-विसाल की बात ही नहीं की बल्कि इन्होंने ज़िन्दगी के मुख़्तलिफ़ तज़रबात को इस अन्दाज़ में पेश किया है कि पढ़नेवाला एक बार पढ़ना शुरू करता है, तो फिर पढ़ता ही चला जाता है। मोनिका सिंह ने अपने निसायी लहज़े की भरपूर तर्जुमानी की है।

लम्स मोनिका सिंह का पहला शेरी मजमूआ है। एक सौ चौवन सफ़हात पर मुश्तमिल इस शेरी मजमूए में मोनिका सिंह ने हरीसे-दिल को ज़रूर बयान किया है, लेकिन इनके अश्आर को पढ़ने से क़ारी को मायूसी नहीं होती है; बल्कि क़ारी को एक नया हौसला मिलता है; वह नामुसाइद हालात

में सब्र व इस्तक़लाल के दामन को थामने और अम्ल पैहल पर ज़ोर देती है। मोनिका सिंह महबूब के लम्स की जहाँ बात करती हैं, वहीं महबूब के लम्स से रूह के महज़ूज़ होने का ज़िक्र करना भी ज़रूरी समझती हैं। लम्स से जिस्म की सरशारी और जिस्म की सरशारी से रूह की पाकीज़गी तक अम्ल को इन्होंने बहुत ख़ूबसूरत अन्दाज़ में पेश किया है। मोनिका सिंह का शेर मुलाहिज़ा कीजिए–

जिस्म समझे रूह भी महज़ूज़ हो
लम्स तेरा यूँ कभी मौसम बने

मोनिका सिंह की शायरी की ख़ूबी ये है कि वो शेर कहने के लिए भारी-भरकम लफ़्जों का तानाबाना नहीं बुनती हैं, बल्कि जिस बात को जिस अन्दाज़ में देखती है, उसी अन्दाज़ में शेरी पैराये में आसान लफ़्जों में बयान कर देती हैं। तज़रबात को शायरी बनाने का हुनर जानती है। बात कहने का मुख़्तलिफ़ रंग और आहंग इन्हें अपने अहद के दूसरे फ़नकारों से मुमताज़ करता है। मुझे यक़ीन है कि इनका शेरी मजमूआ लम्स उर्दू क़ारीन के बीच कुबूलियत का दर्जा हासिल करेगा और अहले नज़रान इनकी अदबी काविशों को दाद-ए-तहसीन से नवाज़ेंगे।

–राजेश नैना
ग्रुप एडिटर ई टीवी न्यूज
रामोजी फिल्म सिटी, हैदराबाद

बिखरे ख़यालात

कुछ पुरानी बयाज़ों से नज़्में और ग़ज़लें मिलीं तो मेरा ग़ज़लों से राब्ता समझ में आया। एक लम्बा अरसा हो गया। जब कभी अपने आसपास, मुआशरे में ऐसा माहौल देखती जो मेरी ग़ज़ल लिखने की शिद्दत को बढ़ाता, तब मैं उन्हें ग़ज़लों की शक्ल देने की कोशिश करती रही और इस तरह से यह सिलसिला आगे बढ़ता रहा।

हाल ही में ऐसा महसूस होने लगा कि जो कुछ मैं लिख रही हूँ, वह मेरी अकेली की ही सोच नहीं; बल्कि जिस मुआशरे का हम हिस्सा हैं, यह उसकी सदा है। चन्द क़रीबी दोस्तों को अपने कलाम सुनाए तो उन्होंने भी इन्हें किताबी शक्ल देने की सलाह दी। इसलिए मैं आज आप सभी के

सामने अपनी ग़ज़लें आईने की तरह रखती हूँ। आप इन्हें पढ़ें और अपनी बेबाक राय मुझ तक पहुँचाएँ। आपकी हर राय बेशक़ीमती रहेगी। साथ ही साथ मैं यह भी महसूस कर पाऊँगी कि इन ग़ज़लों के ज़रिए मैं अपने अहसासात आप तक पहुँचा पाई हूँ या नहीं। अब यहाँ से आगे मेरी ग़ज़लें आपसे गुफ़्तगू करेंगी।

आपकी पसन्द का मुझे बेसब्री से इन्तज़ार रहेगा। अगर इन ग़ज़लों में आपको अपने ग़म या ख़ुशी का अक्स मिले तो मैं इसे अपनी कामयाबी समझूँगी।

—मोनिका सिंह

अनुक्रम

सूरज मुझे कड़वे कसीले राज़ बतलाता रहा
कैसे उजालों का बना बाज़ार समझाता रहा

बस ऐब कोई ना निकाले फ़िक्र इसकी थी तभी
ख़ुद तज़किरा वो छेड़ अपनी बात मनवाता रहा

वो सोचता था मिल गई मंज़िल मगर ये सच नहीं
शर्तें रखीं जब मंज़िलों ने, सुन के घबराता रहा

आँखें ख़ामोशी में करें बातें न जाने कब तलक
कुछ कशमकश ऐसी, ज़माना बीच में आता रहा

मुझको नई राहें दिखाता जब कभी मेरा ज़हन
तब वक़्त मुझसे और ही कुछ और करवाता रहा

अब राज़ भी कोई नहीं, लेकिन झिझक जाती नहीं
इक बार कहना है उसे, कह ख़ुद को बहलाता रहा

थे नेक और सच्चे मगर ऐ ज़िन्दगी क्यूँकर यहाँ
मेरे इरादों को जहाँ बेबात झुठलाता रहा

ये भी तरीक़ा ख़ूब तेरा इश्क़ मुझको लग रहा
दे बेकली दिल को कहीं तू दूर मुस्काता रहा

ख़ामोश मेरे साथ चलती वो कहानी चाहिए
झुक के उठी जो, उन निगाहों की बयानी चाहिए

मानूस थे जब चाप से, तारी फ़ुसूँ[1] था शोर का,
मुन्तज़िर हैं, इस दफ़ा दस्तक पुरानी चाहिए

ख़ुद बेरुख़ी-ओ-बेदिली से पेश आते थे मगर,
कहते रहे सबसे यही बातें रूहानी चाहिए

1. जादू

सोचा कहा सबके लिए, कुछ था कहा ख़ुद के लिए,
तन्हा रहे जब भी, ग़ज़ल वो गुनगुनानी चाहिए

दिल में नए आहंग[1] के इमकान[2] से बेताब दिल
ज़िद कर रहा है, साज़ से आवाज़ आनी चाहिए

हमराह थे कुछ देर के, उम्मीद क्या करते वहाँ
दिल को मगर लम्हात की, कोई निशानी चाहिए

रौंदे गए थे ख़्वाब कितने दायरों की गर्द में
इक आबला-सा ख़्वाब कहता, ज़िन्दगानी चाहिए

आज़ाद हैं लगता मगर, ताले लगे हैं सोच पर
आवारगी कहती, हवाओं में रवानी चाहिए

दो दिल मिले कुछ पल अगर, या हमसफ़र हो उम्र भर
आज़ार न हो साथ, चाहत जाविदानी[3] चाहिए

---

1. संगीत, 2. सम्भावना, 3. अमर

ज़ो मुज़्महिल[1] रातें कटीं, उनकी बयानी लिख गया
बे-ज़ार हो ख़ामोशियों से नातवानी लिख गया

शादाब पत्तों के सिसकते ग़म छलकते ओस में
बस दूर से देखा, छुआ ना, और पानी लिख गया

मैं भी झुकी मुझसे ज़ियादा मेरे आगे झुक गया
इंसान वो अपनी बुलन्दी आसमानी लिख गया

1. थकी हुई / क्लान्त

बस खेल ही था खेल में रूठा था अदना[1] बात पे
बे-ग़र्ज़ वो झूठे बहानों की कहानी लिख गया

वो इत्तिफ़ाक़न जब मिला, अफ़कार[2] में डूबा रहा
उन क़ुर्ब के लम्हात को वह बे-मआनी[3] लिख गया

1. छोटी, 2. फ़िक्र, 3. अर्थहीन

मैं कभी उसकी जुबाँ का लफ़्ज़ बन पाऊँ अगर!
शेर की मानिन्द होंठों पे ठहर पाऊँ अगर!

वक़्त ऐसा भी मिले, उससे करूँ शिकवे-गिले
साथ उसके और कुछ मैं, देर चल पाऊँ अगर!

इत्तिफ़ाक़न चन्द लम्हे जो कहानी लिख गए
काश उन किरदार को इक रोज़ पढ़ पाऊँ अगर!

हाथ हाथों में लिया, अंजाम भी सोचा नहीं
बेवफ़ा तुझको यही मैं आज कह पाऊँ अगर!

तल्ख़ियों[1] के साथ चाहत ने घरौंदा था किया
हूक मिलने की गले, कम और कर पाऊँ अगर!

---

1. कड़वाहटें

दिलों के बीच लम्हा मुख़्तसर है
निगाहों से निगाहों तक सफ़र है

लबों ने जो तपिश महसूस की है
तिरे ही ज़िक्र का शायद असर है

मुझे ले के चला दिले-मुज़्तर[1] जहाँ
वहीं से तो ख़ला की रहगुज़र है

1. विवश

तलातुम[1] धड़कनें महसूस करतीं
ज़हन इस बात से पर, बेअसर है

हुआ तहलील[2] मुझमें इस क़दर तू
मिरी ही ज़ात[3] से दिल बेख़बर है

दिलों के फ़ासले मिटते नहीं हैं
इनायते-वक़्त[4] का दिल मुन्तज़िर है

रखा था बाँधकर लम्हात ने जिन,
दबा अहसास दिल में मुख़्तसर[5] है

---

1. तूफ़ान, 2. घुल जाना, 3. व्यक्तित्व, 4. वक़्त की मेहरबानी, 5. छोटा-सा

होंठों निगाहों में हुई थी राज़दारी इश्क़ की
पर रात गुज़री बिन कहे ही बात सारी इश्क़ की

वो लोग कुछ ख़ामोश से सुनते रहे, तकते रहे
तस्कीन को देखी नहीं थी ग़मगुसारी[1] इश्क़ की

हर बात आँखों से बयाँ होती रहें ऐसा नहीं
चुपचाप चलती है कभी, बाहम ख़ुमारी इश्क़ की

1. ग़म समझनेवाला

है हाल तेरा आज मुझ-सा, ऐ सबा कुछ तो बता
महसूस की हमने फ़िज़ा में, बेक़रारी इश्क़ की

पाबन्दियाँ दीवार दिल के पास चिनती ही रहीं
गुज़री गराँ[1] फिर कशमकश में रात सारी इश्क़ की

वो बेगुनाही की रिदा[2] जब ओढ़ते थे सामने
होता यही, हम हारते थे रोज़ पारी इश्क़ की

यक-ब-यक तूने कभी थामा मिरा था हाथ जब
बन आरज़ू फिर बह रही थी, बेशुमारी इश्क़ की

---

1. बोझ, 2. चादर

साथ मेरे इक कहानी रात भर चलती रही
शोर में ख़ामोश से किरदार वो बुनती रही

आइने को तोड़ के दिल और उकता सा गया
संग सी इक शक्ल फिर भी आँख में चुभती रही

जब सलासिल[1] में बँधे ये होंठ कुछ कह ना सके
सैल इक अहसास की दोनों तरफ़ बहती रही

1. ज़ंजीर

देखते इक बार कह के, गर उन्हें होता यक़ीं
बात जो आके ज़ुबाँ पे, बात में टलती रही

अब नहीं रोशन करेगा ये चराग़ाँ घर मिरा
यास के साये तले उम्मीद भी दबती रही

तल्ख़ियाँ बाहम[1] ज़हन इतना मुतासिर कर गईं
ज़िन्दगी फिर वसवसों[2] के ख़ौफ़ में पलती रही

---

1. साथ, 2. आशंकाएँ

रात को काफ़ी नहीं है ख़्वाब अब
सोज़ के माँगे कई असबाब अब

कशमकश में क्यूँ खड़े हो मोड़ पे
ख़त्म कर डाले न ये गिरदाब[1] अब

रश्क़ कुछ तो कम करो कि साँस लें
मंज़िलों के और भी हैं बाब अब

---

1. भँवर

तश्नगी है जब तलक जी लें उसे
ज़ख़्म से निकले गुहर नायाब अब

आसरों की थी तलब ना राह में
ये बुलन्दी लग रही शादाब अब

इक नए आहंग की है पुर-कशिश
छेड़ना है साज़ का मिज़राब[1] अब

रहनुमा हैं, कौन हैं रहज़न[2] यहाँ?
तोलते मीज़ान[3] में अहबाब अब

---

1. तार का छल्ला, 2. लुटेरे, 3. तराज़ू

ज़िन्दगी तूने किया है सख़्त, यह भी कम नहीं
ज़ख़्म भी गहरा मिले तो चाहिए मरहम नहीं

बेकसी[1] ने आदतें इतनी बदल दीं क्या कहें
लड़खड़ाते लफ़्ज़ ने जो भी कहा पैहम नहीं

डूब के उसकी कहानी जब सुनी तो ये लगा
एक से किरदार मिलते हैं, मगर क्यों हम नहीं?

1. परेशानियाँ

ज़िन्दगी कुछ भी बुरा हो तो ख़बर देना तभी
बाद में तू शौक़ से मुझको मिटाना, ग़म नहीं

तू गुज़िश्ता वक़्त को क्यूँ खींचता इमरोज़[1] में
जो कभी हमने जिए थे, आज वो मौसम नहीं

क्या इरादा है तेरा, मैं अब तलक समझी नहीं
तल्ख़ियों से ज़िन्दगी मैं आज भी बरहम[2] नहीं

यह सबक़ मुझको सिखाया तल्ख़ी-ए-हालात ने
साफ़-सीधी बात कहनी चाहिए मुबहम[3] नहीं

---

1. वर्तमान, 2. नाराज़, 3. अस्पष्ट

ज़िन्दगी हसरत यही इक रोज़ तुझको ख़त लिखूँ
चश्मेतर[1] से बह गई उम्मीद की शिद्दत लिखूँ

धूप से बच के शजर[2] की शाख़ पे सर रख दिया
दिल मिरा कहता उसे इक रोज़ मैं निस्बत[3] लिखूँ

ये नहीं फ़ितरत, मुनाफ़िक़[4] देख मेरा सर झुके
वो जिसे कहते अना[5], मैं उसे ग़ैरत लिखूँ

दो किनारे से चले हम, ख़ामोशी थी दरमियाँ
जो लबों में दब गई उस आह की हालत लिखूँ

---

1. भीगी आँख, 2. पेड़, 3. लगाव, 4. दोग़ला, 5. घमंड

यूँ पूछते हैं लोग जब तेरा पता मुझसे
लगता सिरा कोई तुझे हो जोड़ता मुझसे

जिस मस्अले का हल ज़माने पास है तेरे
क्यूँ बे-सबब उसकी पहल तू चाहता मुझसे

खुलते न दरवाज़े, न किसी का दिल पिघलता है
जो शहर मेरा था, वही अब छूटता मुझसे

सौग़ात लौटा दी, बचा कुछ भी न आपस में
आज़ाद हैं कुछ ख़्वाब, वो भी माँगता मुझसे

मुस्कुरा के टालता है क्या असर ऐसा भी है?
एक पल जिसमें मुझे सोचा, वही मेरा भी है

तू मना कर लाख पर इन नाशनास आँखों में
ख़्वाब को लेते जनम, होते जवाँ, देखा भी है

उम्र भर जो देखता था राह कहने की मेरी
वो न समझा, चश्म ने पैग़ाम इक भेजा भी है

थक के घर को लौट आया दिन ढले मेरा वजूद
फेंक के चहरे कई वो देर तक लेटा भी है

एक मौसम के चले जाने की मैं थी मुन्तज़िर
बाद उसके इक अजब अहसास ने घेरा भी है

और मरहम से बढ़े दिल के निशाँ
सब्ज़ रहने दे मिले तुझसे निशाँ

क़ाफ़िला तुझसे हुआ था जो शुरू
बढ़ गया आगे, मिटा तेरे निशाँ...

चूम के वो धूल रख ली पास में
जब कहा तेरे क़दम के ये निशाँ

आसमाँ का रंग भी क्या ख़ूब है
हैं सहर के होंठ पे किसके निशाँ

लफ़्ज़ कह पाए न दिल की बात जो
कह गए वो आँख में उभरे निशाँ

मैं समेटूँ तो कहीं दिखते नहीं
नागहाँ मिलते कहीं बिखरे निशाँ

कामयाबी का सफ़र आसाँ न था
तल्ख़ियों ने ही दिए गहरे निशाँ

पाबन्दियाँ इतनी न हों, जी घुट के रह जाए
तेरे मिरे लब पे टहलती बात रुक जाए

बस शोर में चलते रहे पर हमक़दम न थे
आवाज़ की दीवार के आगे निकल जाए

तुझ तक पहुँचने में लगी सदियाँ वतन मुझको
कोई न अपने दरमियाँ, अब आके थम जाए

अन्दाज़ चाहत का मुझे इतना न था, ऐ दोस्त!
दिल से निकल धड़कन मिरी, आँखों से बह जाए

तुझसे मिला जो ग़म, उसी का है असर ऐसा
दिल मुस्कुरा के हादसा, कोई भी सह जाए

तश्ना-लबी में इन सराबों से गुज़र जाऊँ तो क्या?
या दर्द बन तेरी रग-ए-जाँ में उतर जाऊँ तो क्या?

इस ख़ौफ़ से तू हौसला मेरा बढ़ाता ही न था
मैं तीरगी में इक सितारे-सी उभर जाऊँ तो क्या?

जिन सब्ज़ शाख़ों ने कभी पाला बड़े नाज़ों से था
मैं ख़ुश्क पत्तों-सी वहीं आगे बिखर जाऊँ तो क्या?

जब याद करना ही तुझे, मामूल मेरा बन गया
तुझसे कहूँ ये राज़ या ख़ुद से मुकर जाऊँ तो क्या?

तुझसे मिले जो ज़ख़्म थे, तासीर उनकी दिल पे है
अब डर नहीं तूफ़ान में इक रोज़ घिर जाऊँ तो क्या?

ऐ समन्दर शोर तेरा है बड़ा या शोर दिल का
सामना होगा हमारे बीच तूफ़ान का अब

कोई ख़ासियत मुझमें रही होगी वरना
वो ना चाह के मेरी ख़बर रखता क्यूँ है

एक भूली सी कहानी लिख गया
आँखों में ख़ामोश पानी लिख गया

छू रही जो साँस मुझको है, तिरी
तू हवाओं पे निशानी लिख गया

जब क़तारें ना-उम्मीदी की बढ़ीं
शिद्दते-अहसास, फ़ानी[1] लिख गया

1. नष्ट होनेवाला

हाल उसका पूछ ना पाए कभी
ग़ैर को ये हक़ ज़बानी लिख गया

राह में हर मोड़ पे चोटें मिलीं
हर ज़ख़्म को वो ज़िन्दगानी लिख गया

कह दो छलकती आँख से, अब मुस्कुरा दे
जीना सिखाया अश्क ने, अब मुस्कुरा दे

आवाज़ घेरे है मचा कोहराम दिल में
कर गुफ़्तगू तू आपसे, अब मुस्कुरा दे

यह कौन सी है आग, जो बुझती न थी
दिल से सबब तू पूछ ले, अब मुस्कुरा दे

जो ख़्वाब तुझको रात में लगते पराये
वह अलस्सबाह[1] आके मिले, अब मुस्कुरा दे

---

1. प्रातःकाल

पूछता ख़ुद से पता, दिल फिर बहकता है कहीं
बे-सबब चेहरों के जंगल में भटकता है कहीं

फिर नज़र से छू लिया, फिर से निगाहें चुप रहीं
इक शरर में इश्क़ की, ये दिल सुलगता है कहीं

झूठ को सच मान ले, रफ़्तार छूटे गर तिरी
चाल दुनिया की ब-ख़ूबी दिल समझता है कहीं

उस शिद्दत-ए-अहसास की होती रही अक्सर तलब
देख खिलते लब तिरे, हर पल महकता है कहीं

तू कहे कुछ, मैं कहूँ इससे ज़ियादा कुछ नहीं
इस भरम में रंग क्यूँ दिल और भरता है कहीं

कल नहीं है आँखों को, क्या ढूँढ़तीं हर पल यहाँ
देखती लबरेज़ है अब, बुल-हवस से ये जहाँ

सहर होते चिन दिए थे ख़्वाब जिन दीवारों में
रात भर फिर सिसकियों की, देख ली हलचल वहाँ

जो तमाशा है सुबह का, जश्न उसका शाम में
ऐ सियासत ये तिरी, तस्वीर दिखलाऊँ कहाँ

बोलना चाहा मिरे अल्फ़ाज़ फिर वो ले गया
और क्या इससे बड़ी थी, ज़ब्ते-दिल की इम्तहाँ...

आ नतीजे पर किसी, होगा बहस से और क्या
देख दानिस्ता[1] रखे तूने मसाइल[2] कुछ यहाँ

1. जान-बूझकर, 2. समस्याएँ

ले करके कच्चे ख़्वाब, की कूज़ागरी[1] हमने
फिर ज़िन्दगी हर मोड़ पे, देखी खरी हमने

ताले ज़ुबाँ पर, आँखों से जब छू रहे दोनों
महसूस की थी क्या ग़ज़ब जादूगरी हमने!

हमको गिला किससे न था, हो ग़ैर या अपना
देखी मगर दुनिया शिकायत से भरी हमने

1. मिट्टी के बर्तन बनाना

सूरज शुआओं[1] से, फ़लक छूता रहा दिन भर
फिर रंग की देखी अजब कारीगरी हमने

उससे न गर था राब्ता, पर कुछ लगावट थी
बस ज़िक्र से देखी बदन में सरसरी हमने

1. किरणें

हो गई है साँस धीमी और मद्धम... डूबता है दिल मगर क्यूँ?
झाँकता उसका तसव्वुर, बेसबब मेरे ज़हन में, इस क़दर क्यूँ?

रोशनी ही रोशनी चारों तरफ़ फैली हुई, लेकिन अकेला,
सच भटकता तीरगी में ढूँढता अपना पता, शामो-सहर क्यूँ?

हर किसी को ज़िन्दगी देती दिलासे, ख़ास लम्हे और साँसें,
है यही फ़ितरत कि कहता रोज़ इंसाँ, वक़्त इतना बेमहर क्यूँ?

साथ छोड़ा था कभी तूने मेरा, ये राज़ होंठों में दबा पर,
बेवफ़ा-सा देखता, शक से मुझे हर तेरा, तेरा ही शहर क्यूँ?

यूँ बाद मुद्दत आँखें आँखों से मिलीं
जैसे कि बूँदें रेगज़ारों से मिलीं

नक़्शे-पा जब मिल सके ना रेत पर
ख़ुशबुएँ तेरी हवाओं से मिलीं

इस सादगी ने जो दिया वो कम नहीं
साँसें कई मुझको दुआओं से मिलीं

दिन-रात खुद को ढूँढते थे दहर में
राहें नई हमको सराबों से मिलीं

इस तरह डूबे कि उभरे फिर न हम
जब बारिशें तेरी निगाहों से मिलीं

आरज़ू चुपचाप बहती, शाम तन्हा भीड़ में अक्सर गुज़रती... तुम कहीं हो?
आँखों से होकर मिरी धड़कन मचलती, वज्द[1] में फिर से बहकती... तुम कहीं हो...

कौन भीगे रास्तों पर, बेख़याली में, मिरे है साथ चलता, देर तक यूँ?
इक नए अहसास से दिल की ज़मीं पे बूँद कोई है चमकती... तुम कहीं हो...

दिल बहाने रोज़ कोई ढूँढता, बे-सिम्त जाता, इक अजब सी जुस्तजू में,
रोज़ पैकर सा नया पहने, मसाफ़त[2] पे नई ख़्वाहिश निकलती... तुम कहीं हो...

रोशनी ही रोशनी का है घना जंगल बिछा चारों तरफ़, लेकिन निहाँ इक,
आँखों की सरहद परे तन्हा अँधेरों में नई उम्मीद जलती... तुम कहीं हो...

---

1. सुरूर, 2. सफ़र

कहीं भी मैं रहूँ मिट्‌टी मुझे अक्सर बुलाती है
चले आओ मुझे तुमसे वही मिट्‌टी मिलाती है

वही मानूस ख़ुशबू छू रही आके बदन मेरा
खड़ा हो हम-वतन कोई, सबा पैग़ाम लाती है

पुरानी हैं वही गलियाँ, नए हैं लोग, फिर किससे
तज़किरा[1] छेड़ दूँ ये बात रह-रह के सताती है

दबिस्ताँ[2] में पुरानी मेज़ पे चुपके लिखा था जो
ख़्वाहिश देखने की नाम, मुझको खींच लाती है

1. चर्चा, 2. स्कूल

हुई जुम्बिश लबों में, लफ़्ज़ न निकला ज़ुबाँ से पर,
मुड़ा जिस राह वो, मेरी नज़र हर बार जाती है

छुटा जो गाँव तो फिरते रहे ख़ानाबदोशों[1] से
मकाँ कितने मिले, बुनियाद फिर मुझको बुलाती है

1. जिनका घर नहीं होता

शायरी की बात करना तो वहाँ गुलज़ार लिखना
नज़्म ने ये कह दिया, मैं हूँ जहाँ, गुलज़ार लिखना

बल्ली माराँ का मुहल्ला या हो ग़ालिब के ख़ुतूत
तरबतर आवाज़ में जिनके समाँ, गुलज़ार लिखना

वादियाँ हों, बर्फ़ भी हो, और भीगे रास्ते हों
नज़्म में अहसास का ये कहकशाँ, गुलज़ार लिखना

याद होंगे प्यार पे अब तक लिखे नग़्मात लेकिन
जब लिखोगे इश्क़ की शीरीं ज़ुबाँ, गुलज़ार लिखना

फ़ासले गरचे बढ़े हैं, पर दिलों में है मुहब्बत
दूर सरहद पार, दीना के निशाँ, गुलज़ार लिखना

(गुलज़ार साहब के नाम)

काश, तेरी याद का गर सायबाँ[1] होता अभी
वक़्त मुझ पे और शायद मेहरबाँ होता अभी

सिर्फ़ ग़म ही बाँटते अहबाब[2] आपस में अगर
हर शख़्स इक दूसरे का राज़दाँ[3] होता अभी

बेकली[4] मेरी अगर पहचान पाती ज़िन्दगी
कुछ पलों को काश मेरा आसमाँ होता अभी!

1. छप्पर, 2. दोस्त, 3. राज़ की बात सुननेवाला, 4. बेचैनी

दफ़्न कर दी हैं सभी सौग़ात हमने इश्क़ की
एक तिनका याद का तो दरमियाँ होता अभी

दूँ सज़ा कोई, इरादा ये नहीं मेरा मगर
बेगुनाही का तिरे कुछ तो निशाँ होता अभी

डूबता है दिल, तलातुम खींचता तल्ख़ी[1] भरा
साथ मीठी याद का, गर कारवाँ होता अभी!

ये नहीं सोचा, करेगा वक़्त उनसे रू-ब-रू
देख उनको नागहाँ[2], दिल शादमाँ[3] होता अभी

---

1. कड़वाहट, 2. अचानक, 3. ख़ुश

मेरा सुकून लेके वो बेक़रार सा था
नीची निगाह में उसकी भी... ग़ुबार सा था

उसका सुलूक क्यूँ मैं सहती वबाल जैसे
दिल इस ख़याल से मेरा...ज़ार-ज़ार सा था

दिन-रात बेशक्ल कोई साथ-साथ चलता
किन ग़लतफ़हमियों का ये दिल...शिकार-सा था

जो भी विसाल के मौसम बस ख़याल में थे
कुछ और ही ज़हन पे मेरे...सवार सा था

था राब्ता किसी से, बस नाम के लिए, पर
जब वो क़रीब था दिल को कुछ... क़रार सा था

ख़ुद में असीर[1] से, हम, मफ़रूर[2] भी ख़ुदी में
इक रोज़ ज़िन्दगी तेरा भी... ख़ुमार सा था

जब प्यास की तड़प में आँसू पिए कभी थे
वो रेगज़ार[3] भी मुझको, आबशार[4]-सा था

---

1. क़ैदी, 2. फ़रार, 3. रेगिस्तान, 4. झरना

हैं नशे में चूर उसके जब से रिन्दों[1] की तरह
टालते हैं ज़िक्र उसका होश वालों की तरह

किस जुनूनो-जोश के तूफ़ान में था कह दिया
हो न हो उसमें निहाँ[2] हूँ, मैं ख़यालों की तरह

देख के वो नाम मेरा हँस दिए कहने लगे
कर रहा कब से तअक़्क़ुब[3] नाम सायों की तरह

1. शराबी, 2. छुपा, 3. पीछा करना

था अगरचे दरमियाँ कुछ रब्त[1] पर ऐसा न था
वो मुझे कह दे जुदा होता अज़ीज़ों की तरह

याद के गिरदाब[2] में कुछ ख़्वाब रेज़ाँ हो गए
फिर नए से बह रहे हैं, आबशारों की तरह

इस इहाते[3] में तिरी यादों से अनबन सी रही
लग रहे मेरे दरो-दीवार, ग़ैरों की तरह

1. रिश्ता, 2. तूफ़ान, 3. चारदीवारी

तुझे मिलकर मैं अपने आपको हर बार खोती हूँ
फ़ुसूँ[1] को तोड़कर मैं ख़्वाब से बेदार[2] होती हूँ

सहर होते जुटाती हूँ सरो-सामान जीने के
मगर ज़ुल्मत में फिर अफ़कार[3] से बेज़ार होती हूँ

उसे अक्सर भुलाने का वहम, दिल शाद[4] रखता है
मैं अपनी धड़कनों के बीच में दीवार होती हूँ

1. जादू, 2. नींद से जागना, 3. चिन्ताएँ, 4. ख़ुश

अहद[1] करके मुकरती हूँ, कभी वो यक-ब-यक आए
जुनूनो-जोश में नाशाद मैं, हर बार होती हूँ

गुज़रता है पुरानी रहगुज़र से क़ाफ़िला दिल का
मकाँ हो कोई, पर मैं ही दरो-दीवार होती हूँ

1. दृढ़ निश्चय

रोज़ की तेरी तसल्ली रास तो आई नहीं
ज़िन्दगी बस ये अदा तेरी मुझे भायी नहीं

कर गया रेजा[1] सभी जज़्बात जाते वक़्त वो
चोट सहने की सहल[2] तरकीब समझाई नहीं

बदगुमाँ है दिल, सदाक़त का नहीं मिलता मकाँ
मसनूई[3] चेहरे, यहाँ किससे शनासाई[4] नहीं

---

1. सूक्ष्म टुकड़ा, 2. आसान, 3. बनावटी, 4. जान-पहचान

वो शहर छूटा, जहाँ मजबूरियाँ थीं राह में
बेकसी[1] ने कह दिया अब और रुसवाई[2] नहीं

हो गए शामिल, चला जिस सिम्त[3] लेके क़ाफ़िला
भीड़ में ख़ुद से कभी पहचान हो पाई नहीं

---

1. दुख, 2. बदनामी, 3. दिशा

अपनी ख़ला का दिल मुझे अन्दाज़ इतना तब हुआ
जब ख़्वाब लावारिस मिरे औंधे पड़े थे राह में

पहले कहानी में बना लेते उसे किरदार हम
बावक़्त वो अहसास आहिस्ता जुदा होता गया

हैं चुकाए रोज़ क़िस्तों में तिरे एहसान सब
ज़िन्दगी हमने बनाए रेत के ऐवान[1] सब

अब कहाँ से दिल वही लाएँ, तुझे है जुस्तजू
वक़्त का मलबा दबाता है मिरे अरमान सब

सिर्फ़ काग़ज़ पे रहा क़ानून ये है बेबसी
गाँव के बाहर अछूते से मकाँ, इंसान सब

---

1. महल

ढल रहा सूरज, उसे एक बार मुड़ के देख लूँ
रात लाती कारवाँ ज़ुल्मत[1] भरा वीरान सब

ख़ौफ़ आँधी का कहाँ था, गर मिलाती ख़ाक में
बारहा मिलते रहे मुझसे नए तूफ़ान सब

तू कहे तो मैं बता दूँ आबले[2] दिल के कई
यार सुनते दास्ताँ, दो पल रुके महमान सब

ज़िन्दगी इख़्लास[3], नेकी से जिए, अब डर नहीं
हम चले हैं साथ लेके, मौत का सामान सब

थे कई अहबाब[4] करते, पस्त मेरा हौसला
कौन था मुझमें निहाँ,[5] जो कर रहा आसान सब?

ज़िक्र हो कोई वहाँ दिल खींच लाता है तुझे
काश तुझको याद आते हों कभी, पैमान[6] सब

अश्क का सैलाब माज़ी को बहाकर ले गया
बस मिटाने हैं, पुरानी याद के उन्वान[7] सब

---

1. अँधेरा, 2. छाले, 3. निष्कपटता, 4. दोस्त, 5. छुपा; 6. वादे, 7. शीर्षक

मिलूँ हर बार तुझसे कुछ अलग महसूस होता है
सिरा मिलता नहीं अहसास वो मख़सूस[1] होता है

करूँ मैं काविशें[2] कितनी, जुदा होता नहीं मुझसे
तिरे अहसास का लिपटा वही मलबूस[3] होता है

लगाता जो नए चेहरे छुपा के दर्द सीने में
उसी का आइने से रब्त, पुरख़ुलूस[4] होता है

1. ख़ास, 2. कोशिश, 3. रेशमी कपड़ा, 4. निष्कपटता

न कर उम्मीद ऐ दिल, सादःदिली की जहाँ से तू
यहाँ रोबाहबाज़ी[1] से, जिगर मायूस होता है

किए जब बन्द दरवाज़े पुरानी याद के दिल ने
कभी ना-आशना ख़ुद से, कभी मानूस[2] होता है

1. चालबाज़ी, 2. परिचित

बेख़याली, बेकली[1] और बेक़रारी इश्क़ में
होश में बेहोश दिल की सी ख़ुमारी इश्क़ में

मशग़ला[2] मिलना तुझे, तारी ज़हन पे इन दिनों
है बला की दिल मिरे, बे-इख़्तियारी[3] इश्क़ में

भूल जाएँ कुछ पलों को, दिल मगर राज़ी नहीं
देख ली ख़ुद से बग़ावत भी हमारी इश्क़ में

---

1. बेचैनी, 2. मन-बहलाव, मनोरंजन, 3. बेक़ाबू

वो ख़ुमारी[1] वक़्त की महसूस की थी देर से
ज़िन्दगी तन्हा तभी, उसने गुज़ारी इश्क़ में

वो कहीं मसरूर[2] था तब हम कहीं बेकल रहे
ज़िन्दगी बीती, निभाते समझदारी इश्क़ में

---

1. उन्माद, 2. ख़ुश

निगाहें मुस्कुराईं देर तक
उसे न नींद आई देर तक

कहानी दो अलग किरदार की
तसव्वुर ने बनाई देर तक

भर चुका है किसी से दिल तभी
नज़र उसने चुराई देर तक

गुज़ारिश की, हक़ीक़त मैं सुनूँ
चश्म बरसात लाई देर तक

सुकूँ की साँस जब दिल को मिली
ग़मों को नींद आई देर तक

मिन्नतें कीं, सहर से रुक ज़रा
ख़ुमारी रात लाई देर तक

गले मिल करके उनसे दूर रहना...मुश्किल बहुत है!
लबों में फ़ासले महसूस करना...मुश्किल बहुत है!

उठी मेरे जिगर से हूक, फिर इक बार मिलने की
हिदायत[1] दे गया माज़ी, सँभलना...मुश्किल बहुत है!

जुनूँ की इन्तेहा थी जब, तग़ाफ़ुल[2] कर रहा था वो
गए वो पल, नज़र का अब फिसलना...मुश्किल बहुत है!

---

1. मार्गदर्शन, 2. उपेक्षा करना

खड़ा वो सामने मेरे, ज़हन में याद कुछ आया
उसी से ज़िक्रे-अफ़साना न करना...मुश्किल बहुत है

चश्मे-तर[1] ने छिपाए थे न जाने सानिहे[2] कितने
तुझे अब देख के ख़ामोश रहना...मुश्किल बहुत है!

---

1. भीगी आँख, 2. हादसा

कही थी बात आपस में, हुई है आम इन दिनों
किया है दर्द भी बशर ने, नीलाम इन दिनों

कटी है धूप ज़ीस्त[1] की तिरे ही इन्तज़ार में
उसी आबोहवा में हो रही है, शाम इन दिनों

तिरे एहसान का मुझ पे रहा था बार[2] है पता
हुआ है ज़िक्र इसी का, लबों पे आम इन दिनों

1. ज़िन्दगी, 2. बोझ

नहीं मिटती छुपा रक्खी, वही तस्वीर आँखों में
ज़ुबाँ पे रुक गया हर बार जिसका नाम इन दिनों

इरादे नेक हैं सारे अगरचे इक़्तदार[1] के
तरक़्क़ी में निहाँ देखे, नए आलाम[2] इन दिनों

हुआ कुछ इस क़दर वो ग़र्क़ जज़्बाते इश्क़ में
मिला जो भी उसी को दे रहा पैग़ाम इन दिनों

बिना सोचे किसी भी भीड़ के जो साथ हो लिये
हुआ है देर से अहसास, है बेनाम इन दिनों

---

1. शासक, 2. दुख

क्या सुन रहे हो तुम जो दुनिया बोलती बापू
मीज़ान में सच और अहिंसा तोलती बापू

आज़ाद होने का ग़लत मतलब निकाला है
उसूल आज़ादी के दुनिया तोड़ती बापू

क़ानून और आईन, अहले हिन्द के हैं पर
इंसान की खुदग़र्ज़ी इनको मोड़ती बापू

जो ख़्वाब आँखों में लिये चलते रहे थे तुम
खुशबू एक यकजिहती कहाँ अब फैलती बापू

दो अक्तूबर, पन्द्रह अगस्त, जश्ने-जम्हूरियत
यादें शहीदों की दिलों में रेंगती बापू

जादूगरी सच की है क्या और क्या अहिंसा है
सब कुछ पता होकर ये नस्लें भूलती बापू

दांडी, स्वदेसी, और छोड़ो हिन्द के नग़मे
आवाज़ अब भी गोश में है गूँजती बापू

रोक ले तेरी नज़र मुझसे लिपटती जा रही है
दम-ब-दम मेरे लहू में, वो उतरती जा रही है

तिश्नगी[1] की झील में इक बार उतरेगा अगर तू
बारहा महसूस होगा प्यास बढ़ती जा रही है

लफ़्ज़ मेरे छू लिये जिस रोज़ से तूने लबों से
कैफ़[2] में उसके मिरी, दुनिया बदलती जा रही है

दिल नहीं देता इजाज़त फिर बनाने को नशेमन
ज़िन्दगी बस तल्ख़ियों की, चोट सहती जा रही है

---

1. पिपासा, 2. नशा, आनन्द

मुझे छूकर नसीमे-सहर[1] जब आकर लिपटती है
नकहते[2]-यार मेरे जिस्म से, होकर गुज़रती है

झुकी पलकें जब तलक हैं, दबा है राज़ चाहत का
दफ़अतन वो मिले, तस्वीर आँखों में उभरती है

सबा[3] की सरसराहट में, नया आहंग[4] तारी है
ज़रा-सी चाप से उनके, हया मुझमें उतरती है

1. सुबह की हवा, 2. ख़ुशबू, 3. हवा, 4. लय

अभी तक याद वो लम्हात, शैदाई[1] रहे जिनके
कि जब वो पास से गुज़रे, मिरी रग-रग सिहरती है

जिस्म और रूह दोनों ही अस्ल में अजनबी से हैं
जिस्म से बात कहती हूँ, वही रूह को अखरती है

1. चाहनेवाले

है पुरानी पर नई लगती वो रहगुज़र अभी
फिर शहर तेरा मिला, लेके नया पैकर[1] अभी

जा चुका है जब मिरे दिल से ख़्याले-यार भी
वो नए अन्दाज़ में, गुज़रा मुझे छूकर अभी

थी जुनूँ की उम्र कितनी, कब मुझे परवाह थी?
मुन्तशर[2] सी हो गई हूँ, मैं उसे मिलकर अभी

1. सूरत, 2. बिखरा हुआ

कब समन्दर खींच के लेकर गया आग़ोश में
सोचती थी चल रही हूँ मैं किनारे पर अभी

ख़ुद कभी उसने किसी को टूट के चाहा नहीं
राज़ उसकी बेवफ़ाई का खुला मुझ पर अभी

दूर जाने से तिरे मुझको शिकायत भी नहीं
हूँ परेशाँ देख के अपने नए तेवर अभी

फ़ासला मेआर[1] का, तन्हा मुझे था कर गया
दायरों की क़ैद का कुज़िया[2] खुला मुझ पर अभी

---

1. प्रतिष्ठा, 2. राज़

रब्त सा बनते हुए रह जाता है
लफ़्ज़ होंठों में दबा रह जाता है

ग़ौर से झाँको किसी की आँखों में
दर्द सूखी आँख से बह जाता है

दीद की लेके तलब ख़ामोशी से
ज़िन्दगी का सानिहा सह जाता है

आहटें सुनता क़दम की जब भी वो
जान के अनजान सा रह जाता है

पढ़ रहा जज़्बात आँखों-आँखों में
राज़े-दिल चुपचाप वो कह जाता है

आह देकर ग़म मिला है ख़ार को
अल्मिया[1] न कह सका गुलज़ार को

जो निगाहों से बहा ख़ामोश सा
रोक पाता कौन उस रफ़्तार को

दूर कर पाए कभी न, चाहकर
बीच में हाइल[2] रहे मेआर को

---
1. शोकान्तिका, पीड़ा, 2. रुकावट

कम पशेमाँ[1] हूँ, गुनाहों पर मिरे
ख़ूब पाला दिल तिरे आज़ार को

हो गया मुझसे जुदा, अच्छा हुआ
टूटना था रेत की दीवार को

आदतन तुझ पे भरोसा कर लिया
आदतन सहते रहे फिर वार को

बेवफ़ा वो है मगर आसाँ नहीं
सिर्फ़ कह देना, भुला दे यार को

दो दिलों में आज भी है पुर-कशिश
कशमकश है रोकती, इज़हार को

बेख़बर वो भी नहीं इस बात से
मिल गले, कह दे यही दिलदार को

बस मिला इक बार, फिर ना वो मिला
दिल तड़पता ही रहा दीदार को

देर तक हम क़ुफ़्ल[2] छाते में रहे
कोसते थे रुक गई बौछार को

ख़ुद बनाना और मिटाना आशियाँ
सोचना फिर से नए आसार को

चश्म कुछ कहती, ज़ुबाँ कुछ और ही
देखता है इश्क़ मेरी हार को

---

1. शर्मिन्दा, 2. नालाबन्द

था अजब सा राब्ता ख़ुद से मिरा
ढो रहा था दिल, मुसलसल[1] बार को

फ़ासले ख़ुद से बढ़ा, तन्हा रहा
दिल बनाता ही रहा दीवार को

टिमटिमाता दूर है, तन्हा वहाँ
कहकशाँ[2] में देख इक सय्यार[3] को

ईंट पत्थर थे, वहाँ थी रेत कुछ
वो कह रहा था घर, दरो-दीवार को

बेकली ले आँख में वो घूमता
छेड़ आया कौन दिल के तार को

देख जज़्बे का असर अल्फ़ाज़ में
आँख भर कहता रहा अशआर को

---

1. निरन्तर, 2. आकाशगंगा, 3. घूमनेवाला (तारा)

तेरी नज़र की सैल[1] से जो कुछ पढ़ा हमने
करते बयाँ गर आइना, आगे तिरे होता!

1. लहर

बस मैं न थी, तेरे इहाते[1] में कई किरदार थे
सुहबत न उनकी थी, मगर वो ही तिरे हक़दार थे

1. चारदीवारी

ख़ामोशियों का बार हम सह ना सके
ख़ामोशियों से दूर भी रह ना सके

दिल ले गया था, खींच के जिस ग़ार[1] में
ज़िद ज़हन की ऐसी कि हम रह ना सके

उसने कही जब आपबीती दास्ताँ
हमको लगी ख़ुद की, मगर कह ना सके

देती रही थी ज़िन्दगी मौक़े हमें
जिस लहर से राज़ी न दिल, बह ना सके

---

1. गुफा

भूलनी थी, याद आईं तल्ख़ियाँ फिर यार की
आँखों के आगे रही फिर, बात वो बेकार की

बार[1] होता ही नहीं कम, रात-दिन मेहनत करे
काश इस दिल को कभी, छुट्टी मिले इतवार की

बह रहा भीतर तिरे चश्मा[2], नहीं तू बे-ख़बर
नाप बस पाया नहीं, औक़ात इस रफ़्तार की

---

1. बोझ, 2. झरना

जागती आँखें सहा करतीं वही कुहराम सा
बन्द पलकें चोट सहती हैं, जिगर के मार की

बेच आए लाश जब, रोती रही बेवा वहाँ
बेहिसी[1] की है नई ये, रस्म इस बाज़ार की

---

1. संवेदनहीनता

इश्क़ ये कैसा कि जिसमें है शिकायत बार-बार
ज़िन्दगी तेरी लकीरों में, जराहत[1] बार-बार

दिल बता, तुझको मिरा कुछ तो अगर होता लिहाज़
बे-इख़्तियारे-चश्म को, देता हिदायत बार-बार

राह में चलते रहे, मसरूर[2] न ही सोगवार[3]
हैं लिखी तक़दीर में, ऐसी मसाफ़त[4] बार-बार

1. दुख, 2. ख़ुशी, 3. दुखी, 4. यात्रा

नाम होंठों पे नहीं लाया, मगर शादाब याद
मेज़ पे लिख के मिटा देना, इबारत[1] बार-बार

कम हुआ बावस्फ़[2] दिल से, आजकल उसका ख़याल
कुछ बचा है उन्स[3], दिल करता हिफ़ाज़त बार-बार

वक़्त था जब हम समझते, बिन कहे हर बात ख़ूब
आजकल हर बात में देखी अदावत[4] बार-बार

अब नहीं है ज़िक्र उसका, अब न आँखों को तलाश
देख तन्हा, दिल सुनाता वो हिकायत[5] बार-बार

अब हुए ख़ामोश, था पहले अजब दिल का मिज़ाज
ढूँढता दिल उज़्र[6], करने को बग़ावत बार-बार

तोड़ पाए ही नहीं अपनी ख़लाओं [7] का सुकूत[8]
और दिल करता रहा इसकी हिमायत[9] बार-बार

बेतकल्लुफ़ हो गए, परहेज़ कैसा दरमियान
अब नहीं लेनी हमें कोई इजाज़त बार-बार

क़ौम के मुबाहसे[10], मन्दिर-ओ-मस्जिद पे सवाल
हल नहीं होते मसाइल पे सियासत बार-बार

---

1. लिखा हुआ, 2. हालाँकि, 3. प्रेम, 4. दुश्मनी, 5. कहानी, 6. विरोध, 7. शून्यता, 8. सन्नाटा, 9. तरफ़दारी, 10. चर्चा

प्यार का गुलज़ार ख़ुशियों से सजाती बेटियाँ
फूल-सा खिलने दे, कह के मुस्कुराती बेटियाँ

माँ तुझे घर के अहाते में सहारा कौन दे
दुख सुना करती, तिरे सब ग़म भुलाती बेटियाँ

ब्याह का जब वक़्त आया, अलविदा उससे कहा
हाथ लेकर हाथों में, रोती-रुलाती बेटियाँ

और फिर जब नागहाँ मिलतीं कभी माँ के गले
सिर्फ़ अपने लम्स से, ग़म को सुनाती बेटियाँ

ग़ैर-सा अपने ही घर में, जब भी वो पाती रहीं
क़ुर्बतें सबसे बढ़ा, अपना बनाती बेटियाँ

पूछ बैठे दोस्त गर, किस हाल में हो आजकल
कुछ न कह नजरें झुका, आँसू छुपाती बेटियाँ

जब कभी माँ आँख में काजल लगाती प्यार से
गीत जो गाया था माँ ने, गुनगुनाती बेटियाँ

क्या मिला ससुराल, तो छूटी सहेली छूटा घर
अब तो बस मेहमान बन के, घर में आतीं बेटियाँ

बेटियाँ ही बेटियाँ हों, बेटियों के क़हक़हे
शोर में भी इक तरन्नुम सा सुनाती बेटियाँ

कुछ पलों को देख तू रुककर, तिरंगा कह रहा है
रूह को झकझोर[1] तू पल भर...तिरंगा कह रहा है!

हूक उठेगी वतन की दिल अगर है साफ़ तेरा
आइने में देख तू पैकर[2]...तिरंगा कह रहा है!

ग़म तिरे हैं फूल से, उनके नुकीले काँच से हैं
हाथ उनका थाम ले बढ़कर...तिरंगा कह रहा है!

1. पकड़कर हिलाना, 2. चेहरा

मुफ़्त-आज़ादी मिली तो, भूल बैठा क़र्ज़ माँ का
देख ले ज़ंजीर तू छूकर... तिरंगा कह रहा है!

ग़म छुपा है आँखों में उनके, रुला देगा तुझे भी
हाल जिनका हो गया बदतर[1]...तिरंगा कह रहा है!

1. बुरा

बच के निकलती ग़र्क़ होती, कशमकश कितनी यहाँ
रिसती रही, फिर थम गई ये ज़िन्दगी बहनी यहाँ

बस दीद[1] से ये फ़ासले होते नहीं थे तय कभी
इक आरज़ू थी लम्स[2] की, वो भी मगर मिटनी यहाँ

ये सेज है काँटों भरी, हो आबला[3], जी ले इसे
मुस्कान में आहें दबीं, होता जिगर छलनी यहाँ

---

1. दर्शन, 2. स्पर्श, 3. घायल

शोरीदगी[1] चारों तरफ़, जब घेर लेती है तुझे
हर साँस मछली सी, सुकूँ के बिन तड़पनी यहाँ

रफ़्तार धीमी कर, घड़ी भर देख अपनों की तरफ़
ये ज़िन्दगी तेरे बिना, दुश्वार[2] है कितनी यहाँ

---

1. कोलाहल, 2. कठिन

रात ने वो राज़ की बातें सुनाई कितनी
ज़ुल्म ने की तीरगी[1] में ख़ुदनुमाई[2] कितनी

आशना कोई सदा जब छू रही गोशों को
बंदिशों से मिल रही, मुझको रिहाई कितनी

रंग अहसासात के बिखरे कई थे आँखों में
हम खड़े दर पे तिरे, थी आशनाई कितनी

तल्ख़ियों[3] का बार दिल पे, इस तरह तारी रहा
बात सहबा[4] के असर में दोहराई कितनी

---

1. अँधेरा, 2. ख़ुद की प्रशंसा, 3. कड़वाहट, 4. अंगूरी शराब

जब भूलना चाहा तभी मिलता रहा
वो आसमाँ सा साथ में चलता रहा

कुछ और ही तेरा इरादा है ख़ुदा
इक रास्ता, मंज़िल मेरी बनता रहा

दोनों हिसार[1]-ए-कशमकश में क़ैद थे
उन आँखों में इक ख़्वाब-सा पलता रहा

कोई सँभालेगा उसे यूँ कब तलक
सब देख लें, वो इसलिए गिरता रहा

1. क़िला

अपने उसूलों को किया था दफ़्न जब
इस हाथ से, उस हाथ फिर बिकता रहा

जब ख़ार में से फूल दुलहन-सा खिला
सरशार[1] हो, उसमें चमन जलता रहा

---

1. उन्मत्त, मस्त

ख़ामोशी ही ख़ामोशी छाई हुई
चश्म क्यूँ है आज पथराई हुई...

दो लबों में राज़े-पिन्हाँ जो दबा
बज़्म सुनने को है गरमाई हुई...

हरकतों पे हम पशेमाँ[1] थे कभी
आज उन पे ही हँसी आई हुई...

कह दिया, उनसे मिलेंगे फिर कभी
टालने को बात कहलाई हुई...

ज़ख़्मे-दिल उसकी अदालत में तिरी
ना किसी अर्ज़ी पे सुनवाई हुई...

---

1. शर्मिन्दा

ना चाहकर तेरी ख़बर मिलती रही
ये ज़िन्दगी बेबस यूँ ही करती रही

जब क़ुर्बतों की आँच कुछ धीमी हुई
सीलन अजब सी दरमियाँ बढ़ती रही

उसके तसव्वुर से कभी निकला न दिल
बेगानगी उसकी, गले मिलती रही

अपनी वफ़ा तू इस तरह समझा रहा
इक रोज़ मुझ पे ही, वफ़ा हँसती रही

ख़्वाहिश दीद की लेकर शहर में साँस ली उनके
निगाहें ढूँढती तब से, कहीं वो दफ़अतन[1] गुज़रे

---

1. अचानक

सिमटती हूँ उसे खोकर, उसे पाकर बिखरती हूँ
ख़ला[1] के दायरे में रोज़ ऐसे ही टहलती हूँ...

1. शून्यता, अन्तरिक्ष

सिलसिला कोई शुरू हो, इक बहाना चाहता है
ख़्वाब बन के वो मिरी नींदों में आना चाहता है

गुफ़्तगू कुछ बस निगाहों ही निगाहों में हुई थी
अब मिरी साँसों से वो रिश्ता बनाना चाहता है

रोशनी से मिट सके न थे कभी दिल के अँधेरे
ज़ुल्मते[1]-वीरानगी में, लौ जलाना चाहता है

1. अँधेरा

तू लगा लेना गले, वरना मिलेगा ख़ाक में वो
बे-सबब ही दाँव पे ख़ुद को लगाना चाहता है

इत्तिफ़ाक़न मिल गया बस, बात इतनी थी मगर
हाथ की लकीर में वो आशियाना चाहता है

लग रहा जब दर्द की बस आख़िरी ही यह कड़ी थी
ज़िन्दगी हर बार तेरी चोट पहले से बड़ी थी

हम शजर[1] से छाँव फैलाए खड़े जिनके लिए थे
धूप उनसे जो मिली, उम्मीद से ज़्यादा कड़ी थी

उलझनों में कशमकश के मोड़ भी आए कई पर
फ़ितरतन ऐ ज़िन्दगी तू भी मगर ज़िद पे अड़ी थी

1. पेड़

रुक गए थे लोग, राहों में सुना जब शोर बरपा
जिस्म था दम तोड़ता, उसकी यहाँ किसको पड़ी थी

वाहिमा[1] था, तल्ख़ियाँ अब तक बची हैं दरमियाँ, पर
एक मीठी याद दिल के बाम[2] पे तन्हा खड़ी थी

---

1. वहम, 2. घर की छत, अटारी

देख लूँ जी भर, कहूँगी...फिर कभी
मैं तिरा शिकवा करूँगी...फिर कभी

साँस में पहले घुलूँगी मैं तिरी
क़िस्सा-ए-माज़ी सुनूँगी...फिर कभी

लुत्फ़े-सोहबत भी ज़रा हो राह में
ऐ सफ़र तुझसे मिलूँगी...फिर कभी

नुक्त-ए-मंज़िल पे कितना शोर है
ऐ जहाँ तेरी सुनूँगी...फिर कभी

तू न कर आज़ाद क़ैद-ए-इश्क़ से
ये क़फ़स दिलकश!...उड़ूँगी फिर कभी

अजनबीयत में बड़ी है पुरकशिश
जानने की ज़िद करूँगी...फिर कभी

ज़माने रंग तेरे मुझमें नहीं हैं
सुकूँ की अब तलक बूँदें जमी हैं

समन्दर मैं सुनूँ तेरी तहों में
सिसकियाँ आज तक जितनी दबीं हैं

तुझे देखा मुद्दतों बाद जब से
हुआ महसूस आँखें वो नहीं हैं

यहाँ तू बात करता आदमी की
पहाड़ों में दरारें भी दिखीं हैं

तिरे मौसमों से गुज़रते रहे हैं
भिगो के तुझी में निचुड़ते रहे हैं

मिरे शेर तूने लबों पे सजाए
नफ़स[1] में सदा[2] बन के घुलते रहे हैं

फ़लक[3] से ज़मीं तक इसी दायरे में
तुझी तक सिमटते, बिखरते रहे हैं

---

1. साँस, 2. आवाज़, 3. आकाश

अहद था, तुझे ना मिलेंगे कभी भी
कहा बाद में हम मुकरते रहे हैं

तेरे सुख़न[1] की रिदा[2] में लिपटकर
ख़ुद से मुलाक़ात करते रहे हैं

---

1. काव्य, 2. चादर

पास हैं पर फ़ासला होता नहीं कम...है यही ग़म
बात में पिछली लगावट आज मुबहम[1]...है यही ग़म

थी रिहाई की तलब तुझको, मुझे पर क़ैद की थी
ख़ुश्क आँखों को मिरी, तूने किया नम...है यही ग़म

नाम से तुझको बुलाते थे, अकेले में कभी वो
नाम मुझसे छिन गया, निकला तभी दम...है यही ग़म

जी न पाएँगे कभी तेरे बिना, ये कह दिया जब
बेरुख़ी तेरी बढ़ी हर बार हमदम...है यही ग़म

1. अस्पष्ट

किनाया[1] उसी का है कि शुरुआत हो फिर से
हमारे दरमियाँ आशना[2] जज़्बात हो फिर से

अभी आबले[3] मेरे ज़रा ख़ुश्क हो पाएँ
न कोई निगाहों की नई बात हो फिर से

सियासत वही कपड़ा पुराना, नया अस्तर
ख़ल्क़[4] की नहीं काविश, सवालात हों फिर से

---

1. इशारा, 2. मित्र, पहचाना, 3. घाव, छाला, 4. जनता

नहीं है अजनबी, मगर अब फ़ासला गहरा
जिसे जी सके दोनों, वही लम्हात हों फिर से

न आवाज़ सुन पाए, ज़हन में शोर था इतना
सुकूँ मिल सके ऐसे मक़ामात हों फिर से

कभी तन्हा जज़ीरों-सी लगीं आँखें तेरी
बहर की राज़दाँ लगती रहीं आँखें तेरी

बढ़ी थी बेक़रारी, दिल मगर कुछ कह न पाया
कि सहरा में सराबों-सी लगीं आँखें तेरी

ज़ुबाँ से बेग़रज़ ही क्यूँ कहा करता है इतना
नहीं तू जानता सच बोलतीं आँखें तेरी

कभी जब डूब के देखा उसी गहराई में
लगी असरार[1] से लबरेज़-सी आँखें तेरी

फ़रेबी आँखों से धोखे कभी खाए हमने
पड़े हैं सोच में, क्या चाहतीं आँखें तेरी

1. रहस्य

जब तलक यह सोज़ का अहसास तारी[1] है
हो न हो तुझमें मिरी, एक साँस जारी है

ज़िन्दगी की दौड़ लम्बी हो तभी पूरी
एक बाज़ी दो दिलों ने साथ हारी है

रात आती है मगर लगती नहीं मेरी
इज़्तिराबी[2] की बची शायद उधारी है

---

1. छाया हुआ, 2. बेचैनी

हौसला रख, ख़्वाब जी लें साथ में, आख़िर
आँधियों पे घोंसलों की ज़िम्मेदारी है

जो मसाइल[1] क़ैद दानिस्ता[2] रखे भीतर
सामने मेरे उन्हीं की रूबकारी[3] है

जो किया उसमें सुकूँ की जुस्तजू पैहम[4]
नींद में अब तक, इसी की जंग जारी है

---

1. समस्याएँ, 2. जान-बूझकर, 3. पेशी, 4. निरन्तर

सामने दोनों खड़े ख़ामोश से
और भी दिल की बढ़ी शोरीदगी[1]

---

1. कोलाहल

ये गुमाँ होता रहा था बन्द पलकों में मुझे
रख गया चुपचाप कोई ख़्वाब सिरहाने मिरे...

मेरे लबों पे ज़िक्र जिसका टहलता है आजकल
अदना[1] सही दिल राज़ कहने, रोकता है आजकल

दिल की ज़मीं पे है नमी, शादाब[2] फिर भी ख़्वाब है
परवाज़े-हसरत[3] को नहीं दिल मसलता है आजकल

जब दो दिलों को है पता, कुछ सोच का हासिल नहीं
फिर कौन-सी उम्मीद से दिल धड़कता है आजकल

---

1. छोटा-सा, 2. हरे-भरे, 3. उड़ने की इच्छा,

वो शक्ल इक मानूस[1] मुझको खींचती है इस क़दर
बेनाम दोनों में नया सा राब्ता है आजकल

अफ़सोस है मेरी कभी हर साँस जो पहचानता
ख़ामोश रहने का सबब वो पूछता है आजकल

अहबाब जो भी वक़्त की रफ़्तार से पीछे रहे
उनके लिए दिल रास्ते में, ठहरता है आजकल

---

1. जानी-पहचानी

रोकता पर आबजू-सा, जिस्म में बहता है क्या?
वो निगाहों से मुझे फिर पूछता रहता है क्या?

आशना है हाल से, इज़हार पे अटका है दिल
क़ुर्बतों की आँच के इमकान[1] से डरता है क्या?

बारहा होती रही थी गुफ़्तगू उनसे यूँ ही
कशमकश की धूप में तन्हा मगर जलता है क्या?

बे-दख़ल ख़ुद से तुझे कर, देख ली हालत मेरी
अश्क बन के आँख से, तन्हा जिगर रिसता है क्या?

बेसबब हमने गुज़ारा वक़्त, ऐसा तो न था
फिर निगाहों में तिरी, कुछ जुर्म-सा दिखता है क्या?

1. सम्भावना

एक लम्हा एक अर्सा, फ़र्क़ क्या है?
फ़ासला तय कर सकेंगे, शर्त क्या है?

क्या मिसालें हम सुनें उनसे वफ़ा की
जो न जाने रब्त क्या है, दर्द क्या है?

बस कहा उसने, लगाई दाँव पे जाँ
उम्र भर पूछा नहीं था, क़र्ज़ क्या है?

पूछ लो उनसे, जले जिनके नशेमन
फिर समझ लेना शदीद-ए-बर्क़ क्या है?

सब मसाइल की दवा देती सियासत
पर समझ पाई न अब तक मर्ज़ क्या है?

जो कहा तुमने, किया इश्क़-ओ-जुनूँ में
दे रहे हो अब सज़ा, पर जुर्म क्या है?

नहीं दिल चाहता कोशिश कभी, उससे निकलने की
भरम रखना, यही आदत बना रक्खी बहलने की

क़दम थे लड़खड़ाए देख के बेगानगी उसकी
दिखाई राह उसके बाद कितनों को सँभलने की

लगाई हाज़िरी जब भी पुकारा नाम मजलिस में
हुआ न फ़ैसला बस राह देखी शाम ढलने की

ये भी कहाँ मंज़र तुझे भाया है अब तक
सच को जहाँ हर रोज़ झुठलाया है अब तक

अब छोड़ दीं बातें उसूलों की, कि हमने
अफ़राद को सब तोड़ते पाया है अब तक

इस तीरगी में, रोशनी ला पाऊँगी क्या?
काविश में हर इक दीप सुलगाया है अब तक

इस बात से नाराज़ मेरा दिल नहीं
तू आजकल अहसास में शामिल नहीं

तब उज़्र[1] कितने गुफ़्तगू के ढूँढते
तस्कीन[2] को भी, अब सबब हासिल नहीं

तू हो गया तहलील[3] मेरी ज़ात में
तेरे बिना ये ज़िन्दगी कामिल[4] नहीं

---

1. बहाने, 2. तसल्ली, 3. घुलना, 4. पूर्ण

ख़ुश नहीं... ख़ुद से शिकायत और कितनी
बेबसी में साँस की लत और कितनी

आसमाँ पे ला बिठाया है अगरचे,
आज एहसाँ की ज़रूरत और कितनी

रात भर ख़ामोशियाँ कहती रहीं
हम सुनाएँगे हक़ीक़त और कितनी

आपको क्या चाहिए था, ये समझ जाते अगर
बाद उसके हम भले सौ ठोकरें खाते अगर...!

हम वही करते गए, हर बार तूने जो कहा
काश दिल आज़ाद कर इक रोज़ जी पाते अगर...!

आदतों की क़ैद में, कब तक रहेंगे मुब्तिला
आदतों को हम गुलामी काश सिखलाते अगर...!

हमनवा वो थे कभी, पर वक़्त के थे फ़ासले
बिन कहे मजबूरियाँ महसूस कर पाते अगर...!

ये कहा था आख़िरी लम्हात, जब कस्दन[1] मिले
वक़्त भी क्या सख़्त कम था फिर कभी न मन मिले

ज़ौक़[2] है तुझको सफ़र का, तो सफ़र का लुत्फ़ ले
फ़िक्र न कर राह में, रहबर[3] मिले, रहज़न[4] मिले

अब मेरे दिल पे हुकूमत है तेरे अहसास की
बे-ख़बर हूँ अजनबी बन के मेरी धड़कन मिले

1. जान-बूझकर, 2. शौक़, 3. पथप्रदर्शक, 4. राह में लूटनेवाला

तस्वीर जिसमें तू नज़र आए नहीं
सोचा कभी लेकिन बना पाए नहीं

हर शख़्स तेरे शहर का अपना लगे
ये साहिरी अब तक समझ पाए नहीं

कोई सुनेगा क्या हमारा दर्दे-दिल
मौसम हमें तक रास ये आए नहीं

तेरे मिरे दो नाम को जोड़े जज़्म
तक़दीर ने वो नाम लिखवाए नहीं

अब न पहली सी मुलाक़ातें तिरी ही
हैं निहाँ मुस्कान में बातें तिरी ही

रोकते जितनी दफ़ा हम ज़िक्र तेरा
होंठ पे आती रहीं बातें तिरी ही

भूलना था जब, मुझे थी याद आई
बारहा सब इश्क़ बरसातें तिरी ही

फ़ुसूँ जब टूटता आज़ाद सा महसूस होता है
दिल फिर उसी सैलाब में ख़ुद को डुबोता है

लिपट के आज सब तन्हाइयाँ, कहती रहीं मुझको
कई दिन से मिला ना, आँसुओं में जो भिगोता है

बनाता है नशेमन, तेज़ आँधी है वहीं पर तू
मगर जब टूटता, ख़ामोश सूखी आँख रोता है

बिखरा हुआ हर हर्फ़ था, दिल ज़ार-ज़ार था
उसने कहा, मैंने सुना, सब कुछ ग़ुबार था

हम सामने थे देर तक, देखा किए मगर
जुम्बिश लबों के दरमियाँ, दिल बेक़रार था

कोई बक़ाया नाम पे मेरे न था मगर
उसकी नज़र में आज तक मैं क़र्ज़दार था

आह फूलों की सुनी तो, सोज़[1] से दहका चमन
बेख़बर है गुल, पता रखता सभी उसका चमन

देख के शादाब[2] उम्मीदें निगाहों ने कहा
फ़स्ले-गुल[3] इस बार तो महका, मिरे दिल का चमन

घोंसले आबाद थे तब मौसमों का साथ था
जब दिखा ख़ाली नशेमन[4], दर्द से छलका चमन

---

1. जलन, 2. हरियाली, 3. फूलों की खेती, 4. घोंसला

अश्आर

न जाने कौन सी है बात, कुछ बेकल[1] हैं हम
ज़रा पूछो हवाओं से, कहाँ से आई हैं?

दो निगाहें मिल सकीं ना, भीड़ में पल भर कभी
बोझ पलकों पे लिये फिरतीं, गिला किससे करें?

मुझको पता है आज भी जिस बात पे मलाल है
तन्हा मराहिल[2] पे मिला, फिर आशना[3] सवाल है

इस सफ़र का कोई अंजाम तय होना था कभी
रास्ते को तुमसे हो करके, गुज़रना था कभी

---

1. बेचैन, 2. मंज़िलें, 3. जाना-पहचाना।

ये गुनाह भी ख़ूब था कि लबों में बात क़ुफ़्ल[1] की
क़ातिल मगर कहता रहा, मुस्कुरा के जान दे

फिर मिलेंगे ख़ुश्क गुल ख़ाक में आख़िर
फिर नए अहसास मिट्टी से उगेंगे

देख के दिल की रवानी, इक अजब तस्कीं हुई
ये ठहर जाए अगर, तो ज़िन्दगानी आबला...

गर तुझे मुमकिन नहीं है दायरों के पार जाना
तू पलों में ठहरने का, उन पलों को लुत्फ़ दे जा

1. तालाबन्द

जब देख के सारे अलामत याद आईं तल्ख़ियाँ
इक बार वो गुज़रा, कभी उस राह न वापस गया

मंज़िल, जहाँ से फ़लक भी नीचे लगे, मैं देखूँ
हैं मोतबर[1] कितने यहाँ, कोताह[2] दिल हैं कितने...

आँख में उनकी उतरता तो वहीं खो जाता
दो घड़ी भर मैं ठहरता, तो इश्क़ हो जाता

न आने की ख़ुशी तेरे, न जाने का इन दिनों ग़म
करूँ दिल से बग़ावत, कि अपनाऊँ नया आलम

1. विश्वासपात्र, 2. छोटे

ख़ामोश आँखों से हक़ीक़त वो सुना गया
जज़्बात कुछ ऐसे हुए, लब खोलना गया

ठहरे हुए पानी न होती बेकली तुझमें कभी
जो तिश्नगी तह में रवाँ पहचानता कोई अगर...

यूँ बू बिखेरती जब आई गुलाब-सी वो
कितना जुनून देखा, गुलशन तिरी रविश में

आँखों में जिनकी, ख़ुशियाँ न ही ग़म
हाथ थामे, मोतबर आए कोई
ढूँढ लेंगे आसमाँ अपना वो भी
बस ज़मीं से मुअत्तर कराए कोई

वो दे रहा था जब नसीहत हाय रेज़ा दिल हुआ
जज़्बात पुर्ज़ों से बिखेरे, पर न कुछ हासिल हुआ

दिल के दरीचे पे हुई दस्तक कि दरवाज़ा खुला
इक याद को भीतर बुलाया, आ गया सब क़ाफ़िला

कुछ धुन्ध आँखों में लिये, कहता रहा मेरा जिगर
चल दूर चल, इस जाल से, कर आपसे शिकवा-गिला

सी लिया मैंने लबों को बेबसी में
आँख पे मेरी कभी पहरा नहीं था

ज़ख़्म जितने भी मिले अहले दिल से
ज़ख़्म से तेरी मगर गहरा नहीं था

डूबकर जज़्बात के तूफ़ान में थे जो लिखे
वक़्त की रफ़्तार में औराक़ सारे उड़ गए

आज़ाद हूँ पाबन्दियों से झूठ है दावा मिरा
अपनी सलासिल से रिहा, मैं काश हो पाती अगर